7.95

Données de catalogage avant publication (Canada)

Tibo, Gilles

   L' Hiver du petit géant

   (Mini-bilbo)

   ISBN 2-89037-836-5

   I. Titre. II. Collection.

PS8589.I26H58 1997   JC843'.54   C97-941423-7

PS9589.I26H58 1997

PZ23.T52HI 1997

Les Éditions Québec Amérique bénéficient du programme de
subventions globales du Conseil des Arts du Canada.

Le Conseil des Arts | The Canada Council
du Canada | for the Arts

Elles tiennent également à remercier la SODEC
pour son appui financier.

SODEC

Québec

Nous reconnaissons l'aide financière du gouvernement du
Canada par l'entremise du Programme d'aide au développement
de l'industrie à l'édition (PADIÉ) pour nos activités d'édition.

Diffusion :
Messageries ADP
955, rue Amherst
Montréal (Québec), H2L 3K4
(514) 523-1182 • télécopieur : (514) 939-0406
extérieur: 1-800-361-4806

Dépôt légal : 4e trimestre 1997
Bibliothèque nationale du Québec
Bibliothèque nationale du Canada
Réimpressions : mars, décembre 1999 et février 2001

Prémaquette : Jean Bernèche
Mise en pages : Madeleine Eykel

L' Hiver du petit géant

GILLES TIBO
ILLUSTRATIONS : **JEAN BERNÈCHE**

QUÉBEC AMÉRIQUE JEUNESSE
329, rue de la Commune O., Montréal (Québec) H2Y 2E1 tél. : (514) 499-3000

Du même auteur

NOÉMIE 1 - LE SECRET DE MADAME LUMBAGO, coll. Bilbo,
Québec Amérique Jeunesse, 1996.
• **Prix du Gouverneur général du Canada 1996**

NOÉMIE 2 - L'INCROYABLE JOURNÉE, coll. Bilbo,
Québec Amérique Jeunesse, 1996.

NOÉMIE 3 - LA CLÉ DE L'ÉNIGME, coll. Bilbo,
Québec Amérique Jeunesse, 1997.

NOÉMIE 4 - LES SEPT VÉRITÉS, coll. Bilbo,
Québec Amérique Jeunesse, 1997.

LES CAUCHEMARS DU PETIT GÉANT,
coll. Mini-Bilbo, Québec Amérique Jeunesse, 1997.

L'HIVER DU PETIT GÉANT, coll. Mini-Bilbo,
Québec Amérique Jeunesse, 1997.

NOÉMIE 5 - ALBERT AUX GRANDES OREILLES, coll. Bilbo,
Québec Amérique Jeunesse, 1998.

NOÉMIE 6 - LE CHÂTEAU DE GLACE, coll. Bilbo,
Québec Amérique Jeunesse, 1998.

LA FUSÉE DU PETIT GÉANT, coll. Mini-Bilbo,
Québec Amérique Jeunesse, 1998.

LES VOYAGES DU PETIT GÉANT, coll. Mini-Bilbo,
Québec Amérique Jeunesse, 1998.

LA NUIT ROUGE, coll. Titan,
Québec Amérique Jeunesse, 1998.

NOÉMIE 7 - LE JARDIN ZOOLOGIQUE, coll. Bilbo,
Québec Amérique Jeunesse, 1999.

NOÉMIE 8 - LA NUIT DES HORREURS, coll. Bilbo,
Québec Amérique Jeunesse, 1999.

LA PLANÈTE DU PETIT GÉANT, coll. Mini-Bilbo,
Québec Amérique Jeunesse, 1999.

NOÉMIE 9 - ADIEU, GRAND-MAMAN, coll. Bilbo,
Québec Amérique Jeunesse, 2000.

NOÉMIE 10 - LA BOITE MYSTÉRIEUSE coll. Bilbo,
Québec Amérique Jeunesse, 2000.

LA NUIT BLANCHE DU PETIT GÉANT, coll. Mini-Bilbo,
Québec Amérique Jeunesse, 2000.

L'ORAGE DU PETIT GÉANT, coll. Mini-Bilbo,
Québec Amérique Jeunesse, 2001.

LE MANGEUR DE PIERRES, roman adulte,
Québec Amérique, 2001.

*Pour Vincent Richard,
petit géant qui pédale,
court et patine
devant l'éternité.*

1
L'hiver

Je m'appelle Sylvain.
Le printemps, l'été,
l'automne et l'hiver,
je vis au pays des
géants.

Les géants sont
immenses. Ils portent de
grandes tuques et de
gros manteaux. Ils
marchent sur le trottoir
avec de grosses bottes.
Ils font des pas de
géants. Ils sont penchés
par en avant et ils
cachent leurs mains

dans leurs poches
parce que c'est l'hiver.

Dehors, il neige et il
vente très fort. Les
grands arbres se
balancent au-dessus
de la maison. Leurs
branches égratignent
les nuages. Le ciel
tombe en gros flocons
et moi, je me sens tout
petit.

Mon père déteste
l'hiver. Il dit :

– Je déteste l'hiver.
Je gèle toujours et il
faut pelleter, pelleter et
encore pelleter.

Moi, j'aime l'hiver.
Avec ma petite pelle,
j'aide mon père et je
joue dans le banc de
neige. Mais je ne joue
jamais longtemps : il
faut deux heures pour
m'habiller et deux
heures pour me
déshabiller.

J'ai rêvé d'un grand
froid. C'était l'hiver
partout dans la nuit.
Toutes les maisons
étaient gelées. Plus
personne ne pouvait

bouger. Alors, j'ai fait le tour de la terre en courant. J'ai allumé toutes les fournaises, tous les poêles et tous les calorifères. Ensuite, j'ai ouvert les fenêtres de toutes les maisons pour faire sortir la chaleur. En courant, j'ai trébuché sur un morceau de glace et je suis tombé... dans le lit de mes parents. Mon père a crié :

— Non ! Ce n'est pas vrai ! Sylvain ! On gèle dans la chambre ! Pourquoi as-tu ouvert toutes les fenêtres de la maison ?

2
Les jouets gelés

Emmitouflé de la tête aux pieds, je vais jouer dans la cour arrière. Je cherche mes jouets sous la neige. Je ne trouve plus mes camions, mes bonshommes de caoutchouc, ni rien.

Je donne un coup de pied sur mon ballon. Aoutch ! Il est dur comme de la roche. Il ne rebondit même plus !

Je monte sur mon vélo. Je pousse sur les pédales. Mon vélo est tout gelé. Il refuse d'avancer et je tombe.

J'ai de la neige jusqu'aux genoux. On dirait que je n'ai plus de pieds.

Je m'assois dans la neige. On dirait que je n'ai plus de jambes.

Je me couche dans la neige. On dirait que je n'ai plus de corps.

Alors, je crie très fort :

– Maman ! Maman ! Au secours ! J'ai perdu mon corps !

Ma mère regarde
par la fenêtre.
Lorsqu'elle me voit, les
cheveux lui dressent sur
la tête. Habillée
seulement d'une petite
robe, elle sort de la
maison et elle se
précipite vers moi :

– Sylvain ! Sylvain !
Que t'arrive-t-il ?

Elle me prend par le capuchon et me relève. Puis elle me serre dans ses bras en grelottant. La neige tombe sur ses cheveux et sur ses épaules. Je lui dis :

– Maman, si tu restais dehors toute la journée,

tu deviendrais une belle bonne femme de neige !

Pendant la nuit, j'ai rêvé que je marchais nu-pieds dans la neige. Je cherchais mes jouets. Mes orteils étaient gelés. Mes pieds étaient rouges comme des tomates. Je cherchais, je cherchais mes jouets... jusque dans le lit de mes parents. Soudain, mon père et ma mère ont crié :

– Sylvain, ce n'est pas vrai ! Que fais-tu dans notre lit ? Pourquoi

nous donnes-tu des
coups avec tes bottes ?

3
Boule de neige

Tous les jours, je joue dans la neige ! Mais je suis fatigué de tourner en rond. J'ai fait cent fois le tour de la cour.

Soudain, j'ai une idée géniale, extraordinaire et tout et tout : je vais organiser une expédition au pôle Nord !

Le pôle Nord, ce n'est pas loin, c'est juste en haut du globe terrestre. Et la terre, c'est comme un globe terrestre, mais un peu plus gros.

Pour me rendre au pôle Nord, il me faut apporter un sac de couchage, des bottes d'hiver, un habit d'hiver, des mitaines de laine, des bas de laine, une grande écharpe et un globe terrestre pour savoir où je serai rendu.

J'ai tout l'équipement nécessaire. J'ai même deux bottes d'hiver et deux mitaines ! Je partirai bientôt pour le

pôle Nord.

J'ai rêvé que je partais pour le pôle Nord avec un globe terrestre. Je le roulais devant moi. Comme

une boule de neige, il
grossissait, grossissait et
je ne pouvais plus le
faire rouler. Je poussais
dessus de toutes mes
forces. Il était devenu
aussi lourd… que le lit
de mes parents !

Soudain, j'ai entendu
mon père crier :

– Non ! Ce n'est pas
vrai ! Sylvain, pourquoi
pousses-tu notre lit
comme ça ?

4
Le pôle Nord

En déjeunant, j'avertis mes parents :

– Papa, maman, dans quelques semaines, je partirai pour le pôle Nord !

– Bonne idée, répond mon père. Tu me rapporteras un ours polaire.

– Bonne idée, répond ma mère. Ne te gèle pas les pieds en y allant !

Pendant la nuit, j'ai
rêvé que j'étais rendu
au pôle Nord. Il faisait
tellement froid que le

sol était recouvert de glace. Il ventait tellement fort que le vent m'emportait. Je montais dans les airs. J'ai virevolté et culbuté... jusque dans le lit de mes parents. Mon père a crié :

– Non ! Non ! Non ! Ce n'est pas vrai ! Sylvain, que fais-tu dans notre lit avec des cubes de glace ? ? ?

5
Les patins

Pour préparer mon expédition au pôle Nord, je fais toutes sortes d'activités de plein air. Avec mes parents, je vais patiner. En chaussant des patins, je deviens grand comme un géant. Mais je patine très mal et je tombe sur les fesses !

Quand la glace est égratignée, c'est encore plus difficile. Après quelques minutes, je suis fatigué, j'ai froid et j'ai mal aux pieds.

Finalement, je n'irai pas au pôle Nord en patins à glace. C'est trop difficile.

J'ai rêvé que les rues et les trottoirs étaient gelés. Ils étaient recouverts d'une belle glace aussi lisse qu'un miroir. Je patinais vers le pôle Nord. Mais le vent me poussait, me poussait et je reculais, reculais. Je ne pouvais m'agripper à rien. J'ai reculé jusque... dans le lit de mes parents. Mon

père a crié :

– Outch ! Outch !
Outch ! Ce n'est pas
vrai ! Sylvain, que fais-tu
dans notre lit avec tes
patins aux pieds ?

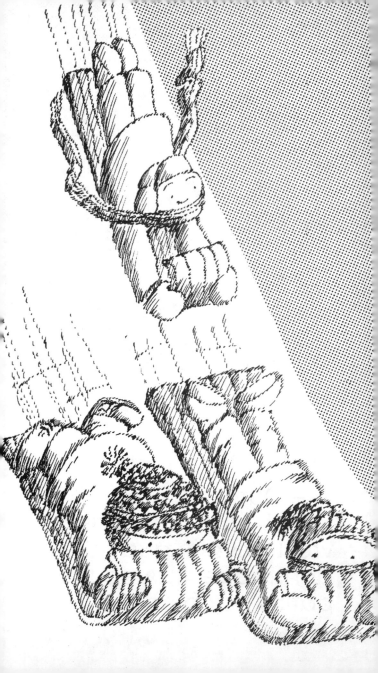

6
Le traîneau

Avec Jérôme, mon voisin qui est un demi-géant, je vais glisser en traîneau. Nous organisons des concours de vitesse. Qui arrivera le premier en bas de la côte ?

C'est toujours moi qui gagne !

Pour remonter, nous organisons une course. Qui arrivera le premier en haut de la côte ?

C'est toujours moi qui perds !

J'arrive en haut de la côte, tout essoufflé. J'ai chaud et froid en même temps. Je ne pourrai jamais me rendre au pôle Nord en traîneau, ça monte tout le temps.

J'ai rêvé que je me rendais au pôle Nord en traîneau. J'étais si fatigué de monter les côtes que je ne pouvais plus avancer. Deux ours polaires m'ont tiré jusqu'en haut ! J'ai monté sur le pôle Nord et j'ai crié de joie ! Mes pieds ont glissé et je suis tombé… dans le lit de mes parents. Mon père a crié :

– Non, ce n'est pas vrai ! Sylvain ! Que fais-tu avec ton traîneau dans notre lit ?

7
Les skis

Avec mes parents, je fais une randonnée de ski de fond. Ce sont des skis de géants. Ils sont trop longs et trop lourds.

Je ne peux pas avancer. Mon père me pousse, ma mère me tire. Je tombe à gauche. Je glisse à droite. Jamais, jamais je ne pourrai me rendre au pôle Nord en skis. C'est trop difficile.

J'ai rêvé que je skiais jusqu'au pôle Nord. Il neigeait tellement que je ne savais plus où j'étais rendu. C'était blanc tout autour. J'ai enlevé mes skis et je les ai plantés... dans le lit de mes parents. Mon père a crié :

– Outch ! Outch ! Outch ! Ce n'est pas vrai ! Ce n'est pas vrai ! Sylvain, que fais-tu avec tes skis dans notre lit ?

8
Le départ

Aujourd'hui, je dis à mes parents :

– Demain, je pars pour le pôle Nord !

Mon père demande :

– Y vas-tu en patins, en traîneau ou en skis ?

Je réponds :

– J'ai beaucoup réfléchi. Je vais y aller par le moyen le plus simple : à pied, en marchant sur mes deux jambes !

– Bonne chance, dit mon père !

– Même chose, ajoute ma mère !

J'ai rêvé que je marchais en ligne droite jusqu'au pôle Nord. Là-haut, j'ai planté mon drapeau, le drapeau du petit géant.

Puis j'ai fait le tour du pôle Nord à pied. J'ai cherché le père Noël, mais il était parti. En suivant ses traces dans la neige, je me suis retrouvé… sous le lit de mes parents, entouré de boîtes de cadeaux. Dans une des boîtes, il y avait une belle paire de mitaines. Soudain, mon père a crié :

– Non, mais ce n'est pas vrai ! Sylvain, qui t'a donné la permission d'ouvrir les cadeaux de Noël cachés sous le lit ?

9
Le bonhomme
de neige

Avec Yoko, mon
amie d'à côté, je
construis un gros
bonhomme de neige
dans la cour. Ensemble,
nous roulons trois
grosses boules de
neige. Une boule pour

les jambes, une pour le tronc et une pour la tête. Ensuite, je vais chercher quelques objets inutiles dans la maison. Je les pose sur mon bonhomme de neige : un balai, un chapeau, un verre de plastique, un collier de perles, une montre, des boucles d'oreilles, un foulard de soie…

Ensuite, je monte sur les épaules de mon bonhomme de neige. Je crie :

– Adieu, tout le
monde ! Je pars pour le
pôle Nord !

Mais… je suis à peine parti que mon bonhomme s'écroule et je tombe dans la neige. Je dois trouver un autre moyen d'aller au pôle Nord.

J'ai rêvé que je partais au pôle Nord sur les épaules de mon bonhomme de neige.

Nous avancions sur de grands lacs gelés. Soudain, la glace a craqué ! Mon bonhomme s'enfonçait dans l'eau. J'ai sauté sur la glace et je l'ai tiré par son grand foulard. Il s'enfonçait de plus en plus. Je l'ai tiré, tiré... jusque dans le lit de mes parents.

Mon père a crié :

– Non ! Non ! Non ! Ce n'est pas vrai ! Sylvain ! Je gèle ! Pourquoi tires-tu les couvertures du lit ?

10
Au revoir

Puis le moment tant attendu arrive. J'embrasse mes parents et je leur dis :

– Au revoir, je pars immédiatement pour le pôle Nord !

– N'oublie pas de revenir pour le souper, dit mon père.

– Nous mangeons du bon poulet, ajoute ma mère.

– Ne vous inquiétez

pas. Je
serai de
retour d'ici
quelques
minutes !

Je pose mon globe
terrestre sur la table de
la cuisine. J'enfile en

vitesse mes bottes et mon habit. Je sors dans la cour et je ramasse de la neige.

Je rentre dans la maison et je dépose un peu de neige sur le dessus du globe terrestre, juste à l'endroit où se trouve le pôle Nord.

Ensuite, je plante un petit drapeau en plein milieu. Je dis :

– Voilà, je suis le premier enfant à avoir conquis le pôle Nord sans se geler les pieds !

– Félicitations, dit mon père.

– Je suis fière de toi, ajoute ma mère.

Maintenant, je vais au pôle Nord tous les jours.

Lorsqu'il neige trop fort, je m'enferme dans ma chambre avec mon globe terrestre. Je visite aussi le pôle Sud. Il est caché en dessous du globe terrestre. Il y fait encore plus froid qu'au pôle Nord et je dois marcher la tête en bas !

La nuit, lorsque j'ai froid aux joues, aux mains et aux pieds… je me faufile en silence… dans le lit tout chaud de mes parents. Là, je ferme les yeux et je m'endors entre mon père et ma mère en rêvant aux pays où il fait toujours chaud !

Fin